Analyse de l'œuvre

Par Lea Brulé

Il est grand temps de rallumer les étoiles

de Virginie Grimaldi

Analyse de l'œuvre

Par Lea Brulé

Il est grand temps de rallumer les étoiles

de Virginie Grimaldi

Rendez-vous sur lepetitlitteraire.fr et découvrez :

Plus de 1200 analyses
Claires et synthétiques
Téléchargeables en 30 secondes
À imprimer chez soi

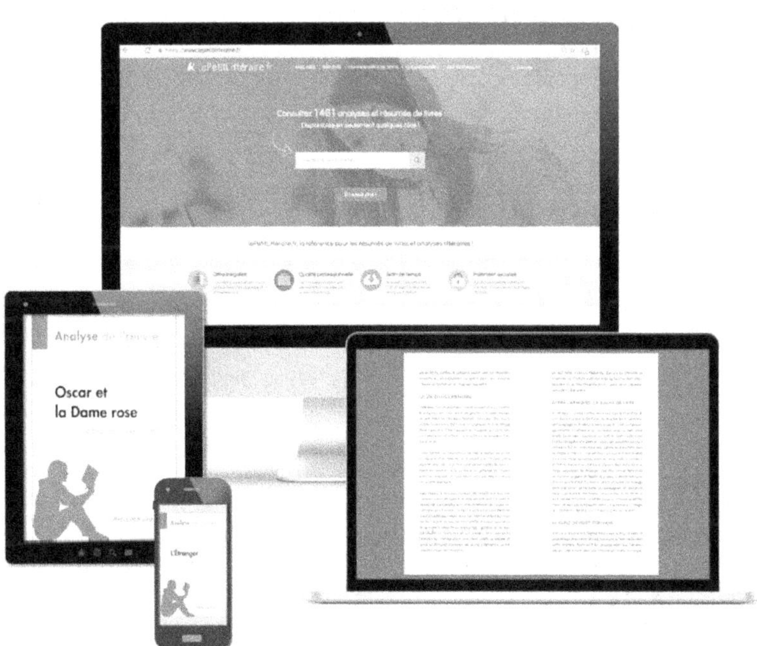

IL EST GRAND TEMPS DE RALLUMER LES ÉTOILES — 5

Conquête de la Scandinavie ou reconquête de soi — 5

VIRGINIE GRIMALDI — 6

Écrivaine française — 6

RÉSUMÉ — 8

Rien ne va plus — 8
La grande décision — 9
Premières étapes, premiers problèmes — 10
Grande Aventure, révélations et mises au point — 11
Un retour chez soi pour un nouveau départ — 12

ÉTUDE DES PERSONNAGES — 14

Le trio principal — 14
Le reste de la famille — 16
Le groupe de camping-caristes — 18

CLÉS DE LECTURE — 20

Le roman « feel good » — 20
Le roadtrip, un mode de voyage à la mode — 23
La chick lit — 24
Entre nature writing et récits de voyage — 25
Des thématiques familiales — 27

PISTES DE RÉFLEXION — 32

Quelques questions pour approfondir sa réflexion… — 32

POUR ALLER PLUS LOIN — 34

Édition de référence — 34
Études de référence — 34
Sources complémentaires — 35

IL EST GRAND TEMPS DE RALLUMER LES ÉTOILES

CONQUÊTE DE LA SCANDINAVIE OU RECONQUÊTE DE SOI

- **Genre :** roman « feel good »
- **Édition de référence** : Grimaldi V., *Il est grand temps de rallumer les étoiles*, Paris, France Loisirs, 2019.
- **1re édition :** 2018.
- **Thématiques :** relations familiales, roadtrip, quête de bonheur, amour, violences conjugales, Scandinavie.

Il est grand temps de rallumer les étoiles est le quatrième bestseller qui a propulsé la carrière de Virginie Grimaldi. L'auteure y raconte l'histoire d'Anna, mère divorcée poursuivie par les huissiers qui plaque son quotidien morose et ses problèmes financiers pour partir à la découverte de la Scandinavie avec ses deux filles, Chloé et Lily. En même temps qu'elles appréhendent la vie en camping-car et le voyage à l'état brut, les trois femmes sont confrontées à elles-mêmes, l'occasion pour mère et filles de renouer le dialogue, de dissiper les non-dits, mais également de faire le point sur le sens qu'elles souhaitent donner à leur vie. L'histoire nous est racontée à la première personne à travers les yeux des protagonistes principales, Anna, Chloé (dont l'histoire nous est racontée sous forme de posts sur son blog « Les chroniques de Chloé ») et Lily (qui retranscrit ses aventures dans son journal intime appelé Marcel).

VIRGINIE GRIMALDI

ÉCRIVAINE FRANÇAISE

- **Née près de Bordeaux en 1977**
- **Quelques-unes de ses œuvres :**
  - *Le premier jour du reste de ma vie* (2015), roman
  - *Quand nos souvenirs viendront danser* (2019), roman
  - *Et que ne durent que les moments doux* (2020), roman

L'histoire de Virginie Grimaldi est une véritable *success story* hollywoodienne. L'auteure française est née en Gironde en 1977. Passionnée par l'écriture, elle y prend gout en lisant les carnets de sa grand-mère. Elle écrit ainsi son premier roman à l'âge de huit ans. Si elle comprend rapidement qu'elle a du talent (elle est notamment encouragée par sa professeure de français), elle n'ose d'abord pas consacrer son avenir professionnel à l'écriture. Elle saisit chaque occasion lui permettant d'écrire (du poème d'anniversaire à la liste de courses), mais n'envisage pas encore d'en vivre.

La situation évolue en 2009 lorsque Virginie Grimaldi crée son blog (« Femme Sweet Femme »). Elle conquiert ainsi de premiers lecteurs. Grâce à leur soutien indéfectible, l'auteure participe à plusieurs concours et est d'ailleurs lauréate de « E-crire au féminin » pour sa nouvelle *La peinture sur la bouche* en 2014. C'est néanmoins lorsqu'une amie de Grimaldi la pousse à envoyer son roman

Le premier jour du reste de ma vie à un éditeur que la vie de l'auteure bascule. La jeune femme est appelée deux jours après avoir envoyé son manuscrit. Le roman est publié chez City en 2015 et chez Le Livre de Poche en 2016. Depuis ce premier succès, tous les romans de Grimaldi sont des bestsellers traduits à l'international. Aujourd'hui, on estime que plusieurs millions de lecteurs ont été conquis par le style *chick lit* et *feel good* de l'auteure. On lui reconnait également l'art d'exploiter des thématiques parfois dures comme les violences conjugales, la mort ou la vieillesse, avec un style léger et humoristique qui confère à son œuvre une grande douceur.

RÉSUMÉ

RIEN NE VA PLUS

Le roman s'ouvre sur Anna Moulineau, l'une des trois protagonistes principales. La mère de famille s'apprête à prendre son service au restaurant « l'Auberge blanche » où elle travaille depuis près de quinze ans. Tony, le patron, était un ami de son ex-mari Mathias. C'est d'ailleurs grâce à cela qu'elle a obtenu ce job par le passé. À la fin de la journée, Anna est appelée dans le bureau de Tony qui la licencie pour la remplacer par sa maitresse du moment, Estelle. La presque quadragénaire rentre chez elle exaspérée et dépitée. Elle croule déjà sous les dettes et l'huissier menace de saisir le mobilier. Ses filles n'ont pas non plus une vie facile. La jeune Lily subit les moqueries et chambardements de ses camarades de classe qui vont jusqu'à se montrer violents envers elle. De son côté, Chloé commet ses premières erreurs d'adolescente. Elle se procure de la drogue auprès d'une voisine de son immeuble et sèche les cours. Amoureuse du premier garçon qui lui fait un compliment, elle est prête à tout pour conserver l'attention de chaque pseudo prince charmant. En l'occurrence, après avoir été jetée par Kevin, le petit boulanger du quartier, elle fait les yeux doux à un jeune employé de poste dénommé Lucas. Après un rendez-vous au cinéma, Chloé l'invite chez elle, pensant être seule à la maison. Manque de bol, elle ignore que sa mère ne travaille pas – ou plutôt ne travaille plus. Anna se retrouve donc nez à nez avec les fesses de Lucas tandis que celui-ci se soulage dans les toilettes familiales. Folle de rage, Anna fouille la chambre de sa fille et tombe sur des préservatifs et sur la drogue. Dans le même temps, elle est convoquée par la direction des écoles de ses deux filles. L'ainée sèche et a des résultats médiocres par rapport à ce à quoi elle a habitué sa mère ; la cadette semble clairement souffrir de harcèlement scolaire. Dans ce chaos ambiant, Anna ne sait plus à quel saint se vouer. Et ce n'est pas son ex-mari Mathias qui va l'aider, lui qui n'a plus rendu visite à ses filles depuis plus d'un an et qui ne cesse de reprocher à Anna les impacts de leur séparation sur les enfants dans l'espoir qu'elle le reprenne. La situation semble décidément désespérée.

LA GRANDE DÉCISION

Après avoir négocié avec Tony une belle enveloppe pour couvrir son licenciement sans poursuites judiciaires, Anna doit prendre une décision. À quoi va-t-elle destiner cet argent ? Elle pourrait certes combler ses dettes et s'assurer quelques mois de tranquillité financière. Mais ça ne changerait rien à l'état critique de sa situation familiale. Soutenue par sa mémé, elle fait donc un choix qui, elle ne le sait pas encore, bouleversera le cours de sa vie et de celle de ses filles. Après avoir demandé à son père et à sa belle-mère d'emprunter leur nouvelle acquisition, un camping-car petit mais fonctionnel, elle annonce à Chloé et Lily qu'elles partent à la recherche des aurores boréales en Scandinavie. Un roadtrip entre filles pour renouer des liens abimés par un passé peu heureux et par une routine maussade. Une fois les valises préparées et les écoles averties, les trois femmes embarquent pour une grande aventure.

PREMIÈRES ÉTAPES, PREMIERS PROBLÈMES

Malheureusement, la vie de baroudeur ne s'invente pas. Rapidement, le trio Moulineau se rend compte que le voyage s'annonce plus périlleux que prévu. Le trajet commence par l'Allemagne avec une première étape à Cologne. Si Chloé est rassurée de pouvoir utiliser le téléphone de sa mère à raison de dix minutes par jour pour conserver sa vie sociale, elle tente tout de même de faire le mur la nuit pour mettre à jour ses notifications en retard. Elle se fait néanmoins surprendre par sa maman qui lui interdit formellement de recommencer. Deuxième étape à Hambourg. Tout se passe bien jusqu'à ce qu'il faille vidanger les toilettes. Après avoir voulu prouver son autonomie, Anna accepte l'aide du camping-car voisin, dont le propriétaire est un certain Julien. La nuit tombée, les filles manquent de se faire cambrioler, mais le courage de Lily fait fuir le cambrioleur. Elles décident alors d'effectuer des rondes la nuit pour que leur maison ambulante soit toujours surveillée. Nouvelle journée, nouveau défi : Anna comprend pourquoi enseigner est un métier. Elle tente vaille que vaille de donner cours à ses enfants, mais cela s'annonce plus compliqué que prévu.

Quelque temps après, le trio arrive sur le pont qui relie le Danemark à la Suède, l'Øresundsbron. Le véhicule tousse soudainement, ralentit, avant de s'arrêter net. Une nouvelle fois, Julien – qui s'était arrêté dans un camping non loin de là – vient au secours des trois femmes. Cette nouvelle déconvenue fait réfléchir les baroudeuses du dimanche. Après en avoir discuté avec ses filles, Anna accepte de passer le reste du voyage en compagnie de la bande de voyageurs français dont fait partie Julien pour plus de sécurité. Le périple commence alors réellement.

GRANDE AVENTURE, RÉVÉLATIONS ET MISES AU POINT

Anna, Chloé et Lily voyagent donc avec dix autres personnes : Julien et son fils Noé, Edgar et Diego (les doyens du groupe), Marine et Greg (de jeunes mariés), et enfin François, Françoise, Louise et Louis (une famille bourgeoise en quête d'une expérience rustique). Au fil de la remontée vers le nord, toute cette joyeuse bande apprend à se connaitre et échange sur les expériences de vie de chacun. S'enchainent alors les visites de villages nordiques, les paysages plus beaux les uns que les autres, les soirées animées et alcoolisées et les fameuses aurores boréales. Si toutes ces aventures font beaucoup réfléchir les trois voyageuses et leur permettent doucement de s'ouvrir les unes aux autres, certains évènements font reculer de deux pas les minces centimètres de réconciliation gagnés. Anna ouvre en effet par inadvertance un SMS de Kevin, le prétendant de Chloé, dans lequel il envoie une photo de ses parties intimes en demandant à la jeune fille de faire de même. Anna lui répond alors par un message glaçant qui ne manque pas de faire fuir le garçon. Peu de temps après, Chloé apprend ce qu'a fait sa mère et lui en veut beaucoup. Elle ne comprend que plus tard qu'elle n'a pas à envoyer des photos de son corps pour qu'un garçon l'apprécie. Une deuxième crise – autrement plus importante – touche le camping-car des Moulineau. Lors d'une conversation téléphonique avec Chloé, Mathias prétend qu'il essaie depuis longtemps de rendre visite à ses filles, mais qu'Anna l'en a toujours empêché. C'en est trop pour Chloé. De rage, elle demande des explications à sa mère, qui ne sait que répondre. C'est Lily qui explique alors à sa sœur qu'Anna a quitté leur père parce que celui-ci la frappait. Le choc est rude pour la jeune adolescente, mais elle comprend à présent les réactions de sa mère. L'abcès est crevé et Chloé se montre plus tendre et protectrice que jamais envers sa maman. Le dialogue se renoue petit à petit entre les deux femmes. Elles parviennent enfin à mettre des mots sur leurs colères et, plus encore, à écouter les maux de l'autre. En parallèle se profile une idylle naissante entre Anna et Julien. Tous deux célibataires, ils se rapprochent au fil des escales jusqu'au premier baiser, rapidement suivi d'une première nuit d'amour sous la lune scandinave. Anna se sent bien, elle se sent belle, elle se sent respectée. Tout semble enfin retrouver un sens. Au contact de Noé, Lily comprend quant à elle qu'elle n'est pas bizarre ou anormale, elle est simplement elle. Elle est peut-être différente, mais finalement ce n'est pas si mal. Noé aussi est différent, et elle l'aime bien, Noé. Anna est également rassurée : Lily n'a aucun problème à se faire des amis, elle n'avait simplement pas rencontré de personnes qui lui ressemblaient.

UN RETOUR CHEZ SOI
POUR UN NOUVEAU DÉPART

L'heure est finalement aux au revoir, non sans émotion. Marine, qui a appris entretemps qu'elle attendait un heureux évènement, promet à Anna qu'elles se reverront.

Lily salue Noé, Anna son nouvel amoureux, Chloé les deux octogénaires dont les récits de vie lui ont tant appris. Ce voyage a métamorphosé les filles Moulineau : elles sont parties seules, elles reviennent unies et épanouies. Lily est prête à affronter sa classe, Chloé prépare son bac et son départ prochain pour un an en Australie – rêve que sa maman lui refusait jusqu'alors – et Anna est prête à affronter ses problèmes financiers. Un nouvel élément vient s'ajouter à la famille récemment réunifiée : Julien et son fils Noé, qui continuent à fréquenter les filles Moulineau. D'ailleurs, à la fin du roman, Grimaldi réserve une petite surprise à ses lecteurs. Anna révèle finalement que Julien travaillait en fait à l'Auberge blanche en même temps qu'elle et qu'au fil du temps, ils sont tombés amoureux l'un de l'autre. Julien ne savait pas qu'Anna les rejoindrait au camping de Hambourg. Néanmoins, ça leur a permis de se redécouvrir et de faire peu à peu connaissance avec les enfants de chacun. Le récit s'achève sur le départ de Chloé vers l'Australie, sous les yeux émus de Julien, Noé, Lily et Anna, prête à affronter l'avenir et toutes ses épreuves.

ÉTUDE DES PERSONNAGES

Anna

Anna a trente-sept ans. Elle est la mère de Chloé et Lily, deux jeunes filles de douze et dix-sept ans qu'elle a eues avec Mathias, son premier amour, de qui elle divorce suite à des actes de violences conjugales répétés. Anna était serveuse dans un restaurant appelé « L'Auberge blanche » jusqu'à ce qu'elle se fasse renvoyer pour être remplacée par la nouvelle maitresse de son patron. Criblée de dettes, la mère du foyer peine déjà à garder la tête hors de l'eau avec un travail ; son licenciement n'arrange rien. À ses problèmes d'argent s'ajoutent de sérieuses tensions avec ses filles, la plus grande lui reprochant leur train de vie modeste et le départ de son père, la seconde réclamant de l'attention par des bêtises de plus en plus importantes (une bagarre dans la cour d'école, par exemple). Sur les genoux et ne trouvant pas d'issue à ses problèmes tant familiaux que financiers, Anna décide d'investir le peu d'argent qu'il lui reste non pas pour rembourser une partie de ses dettes auprès de l'huissier qui menace de saisir ses biens, mais pour partir à l'aventure avec ses filles dans le camping-car de ses parents.

Chloé

Chloé est une jeune fille de dix-sept ans en pleine crise d'adolescence. Elle rejette sa mère, refuse de communiquer et tente de se faire remarquer par ses copains de classe de toutes les manières qui soient, même les moins recommandables. Comme beaucoup de jeunes de son âge, Chloé vit également ses premières relations amoureuses, mais ne parvient pas à gérer le flux d'émotions que cela engendre. Elle est prête à tout pour plaire et s'embrase au moindre regard insistant du boulanger ou du postier du coin. Malheureusement, Chloé souffre de ne pas faire la différence entre ceux qui l'apprécient vraiment et ceux qui n'en veulent qu'à son physique. Le voyage l'aide à faire le point sur sa vraie valeur. La jeune femme est également perturbée par l'absence de son père, absence dont elle rend sa mère responsable. Elle idéalise son père et celui-ci en joue en faisant croire à son ainée qu'il aimerait la voir plus souvent mais qu'Anna l'en empêche, alimentant d'autant plus l'hostilité que Chloé nourrit envers sa mère.

Lily

Lily n'a que douze ans, mais a déjà un caractère bien trempé. Le lecteur accède à son point de vue grâce à Marcel, son journal intime, dans lequel elle retranscrit ses humeurs, secrets, interrogations et aventures. Elle surprend par ses réflexions pleines de piquant et par son emploi particulier des expressions de la langue française. Sa personnalité atypique la place en marge de ses copains et copines de classe, ce qui la rend malheureusement victime de la méchanceté de certains. Malgré tout, Lily ne se laisse pas démonter et observe la vie avec optimisme et simplicité. Elle voit de la beauté dans chaque aspect du monde et se prend ainsi d'affection pour Noé, le jeune autiste qui voyage avec eux. Si les autres enfants en ont peur, Lily aime la différence et n'hésite pas à aller à sa rencontre. Notons aussi que, si Chloé n'en a pas connaissance, Lily connait la raison qui a poussé leur mère à se séparer de leur père et soutient Anna. Lors des tempêtes familiales qui éclosent au cours du voyage, la jeune fille agit ainsi en modérateur, en force tranquille apaisant les angoisses de sa maman et la colère de sa sœur ainée.

LE RESTE DE LA FAMILLE

Mémé

« Mémé » est la grand-mère maternelle d'Anna, qui lui rend visite toutes les semaines. La complicité entre Anna et sa mémé est très forte. Lorsque sa maman est décédée, Anna avait huit ans. Son père travaillait beaucoup et confiait la petite à la mère de sa femme défunte, mémé. C'est ainsi que celle-ci est devenue la confidente d'Anna, toujours prête à donner de bons conseils, toujours bienveillante. Mémé parvient à poser à Anna les bonnes questions et à lui faire voir ce qui est vraiment important. C'est d'ailleurs sur son impulsion que la mère célibataire prend la décision de partir en roadtrip avec ses filles.

Le père d'Anna et Jeannette, sa nouvelle compagne

Se surnommant « Papoute et Poupoune », le père d'Anna et Jeannette sont les heureux propriétaires du camping-car dans lequel Anna et ses filles partent à l'aventure. Jeannette entre dans la vie d'Anna lorsque celle-ci a onze ans, soit trois ans après le décès de sa mère, Brigitte. Jeannette est alors divorcée et sans enfant. Elle et le père d'Anna se rencontrent dans la salle d'attente du médecin. Depuis, ce couple déborde d'amour et de mièvrerie au point de se tatouer le surnom du partenaire sur le cœur. Le camping-car constitue leur dernière folie. Avant qu'Anna le leur emprunte, ils envisageaient de faire le tour de l'Italie. Le père d'Anna est aimant et affectueux, mais travaillait beaucoup durant l'enfance d'Anna, si bien que la jeune fille a très souvent été confiée à sa grand-mère, surnommée sa « mémé ».

Mathias, l'ex-mari d'Anna

Mathias est le père des enfants d'Anna. Il a commencé à devenir violent envers Anna deux mois avant leur mariage. Les actes de violence se sont répétés et aggravés, poussant la mère de famille à le quitter pour protéger ses filles. Trois ans plus tard, Mathias continue de culpabiliser Anna pour qu'ils retentent leur chance ensemble. Habitant loin des trois filles, il ne vient que peu leur rendre visite, mais accuse Anna d'être la responsable de cet éloignement. Si Lily se souvient parfaitement des comportements violents de son père, Chloé, la plus grande, n'en a absolument pas connaissance. Elle est donc une proie facile pour son père. Mathias ne manque pas de monter son ainée contre Anna qui persiste pourtant à ne pas révéler à Chloé la vraie raison du divorce de ses parents, pour ne pas anéantir l'image que Chloé a de son père.

Diego et Edgar, les deux veufs

Ces deux octogénaires d'Auvergne se présentent d'abord comme deux veufs voyageant en Scandinavie pour exaucer les dernières volontés de leurs épouses, Madeleine et Rosa, décédées à deux semaines d'intervalles un mois auparavant. Tout au long du périple, ils dispensent leurs leçons de vie à tous les covoyageurs et en particulier à Chloé, que les expériences de ces hommes font beaucoup réfléchir. Au fil de l'histoire, on apprend que les deux hommes sont en fait voisins de chambrées dans un foyer dans lequel ils ont été placés par leurs proches et duquel ils ont fui à bord du camping-car du directeur du centre pour vivre une dernière belle aventure.

Julien et Noé, le charmant inconnu et son fils

Julien apparait comme le chevalier servant des Moulineau. Grand et séduisant homme aux chemises bucheronnes, il vient en aide aux filles dès qu'elles rencontrent un problème. Le courant passe rapidement entre Julien et Anna. Leur idylle boréale se dessine au fil des pages.

Noé est le fils de Julien. Il est âgé de treize ans, ce qui en fait un compagnon de jeu idéal pour Lily. La jeune fille se prend rapidement d'affection pour le garçon. Elle lui reconnait quelque chose de différent et de sincère, qui fait écho à l'étrangeté qu'elle perçoit en elle. Effectivement, Noé est différent : il est autiste. Sa mère l'a d'ailleurs abandonné pour cette raison cinq ans plus tôt. Lily, au contraire, est attirée par Noé, ou plutôt, elle cherche à le comprendre.

C'est précisément de cette curiosité bienveillante que nait une profonde amitié entre les deux jeunes gens.

Marine et Greg, les jeunes mariés

Marine et Greg viennent de Biarritz et travaillent dans une maison de retraite. Ils récupèrent des cartes postales de chaque endroit visité pour les envoyer à leurs pensionnaires. Ils sont souriants, dynamiques et pleins de rêves, mais un petit imprévu vient vite bouleverser leur plan : suite à un malaise qui conduit Marine à l'hôpital, le couple apprend qu'ils attendent un heureux évènement. Si Marine peine à se faire à l'idée dans un premier temps, ils acceptent ensuite la nouvelle avec bonheur et se préparent à l'idée d'agrandir leur famille.

Françoise, François, Louise et Louis, la famille bourgeoise en quête de valeurs simples

La famille de Françoise et François représente l'archétype de la famille bourgeoise modèle : elle est avocate, il est « dans les affaires ». Les enfants portent des vêtements de marque et semblent échapper aux comportements immatures ou aux crises d'adolescence. Le but de ce voyage est de sortir la famille du quotidien luxueux dans lequel ils se confortent pour appréhender la réalité de la nature et pour s'habituer (ou du moins essayer) à un mode de vie plus minimaliste. Le contraste est fort entre Chloé et Louise, toutes deux âgées de dix-sept ans. Si les deux adolescentes entretiennent d'abord des rapports tendus, elles comprennent au fil de leur voyage qu'elles ont davantage de points communs qu'elles ne le pensent.

CLÉS DE LECTURE

LE ROMAN « FEEL GOOD »

Le *feel good* est un genre littéraire à mi-chemin entre la littérature classique et les livres de développement personnel, très en vogue en ce moment. Venu de l'autre côté de l'Atlantique, le roman *feel good* est tout simplement un livre qui fait du bien. La sphère littéraire francophone connait quelques auteurs à succès dans le genre comme Aurélie Valognes (*Mémé dans les orties*), Gilles Legardinier (*Demain j'arrête !*), Raphaëlle Giordano (*Ta deuxième vie commence quand tu comprends que tu n'en as qu'une*), Marie Vareille (*La vie rêvée des chaussettes orphelines*) et bien entendu Virginie Grimaldi, qui reste sans doute la plus connue.

L'espoir et l'optimisme contre tout

Le roman *feel good* est un bonbon, une bouffée d'air qui donne le sourire au lecteur. Tout y est pensé pour orienter la lecture vers la positivité : la couverture du livre est souvent colorée, le titre long, léger et inspirant (par exemple : *Ta deuxième vie commence quand tu comprends que tu n'en as qu'une*, Raphaëlle Giordano), l'histoire douce et sans prise de tête. Le but est que le lecteur oublie les tracas de son quotidien le temps de quelques pages. L'écriture y est donc fluide, de sorte que les pages s'enchainent sans effort. Le *feel good* veut donner de l'espoir à ses lecteurs. Pour cela, les personnages et situations sont réalistes et universels. Les lecteurs et lectrices peuvent se projeter dans l'histoire et aspirer au bonheur qui attend les protagonistes à la fin du récit. Le livre *feel good* promet à son public une vie douce dans laquelle les nuages finissent toujours par se dissiper.

Happy end

Le « Happy end » est l'élément clé du roman *feel good*. Peu importe l'histoire racontée, l'issue doit toujours être joyeuse. Le livre peut émouvoir (c'est d'ailleurs le cas dans *Il est grand temps de rallumer les étoiles*), mais les émotions suscitées par le livre sont positives. Souvent, le lecteur est ému par la fin heureuse imaginée par l'auteur, car il songe aux épreuves endurées par le ou les personnages du livre plus tôt dans l'histoire. Cette notion n'est pas propre à la littérature. Le terme, d'origine anglaise, est également souvent employé pour décrire la fin heureuse d'un film. Typiquement, la fin heureuse concerne un couple enfin uni, un ennemi enfin abattu ou encore la fin des malheurs d'un personnage après de nombreuses péripéties. La production hollywoodienne et en particulier les dessins animés de Walt Disney sont très friands de ce genre de fin. Beaucoup de films et de livres finissent sur un *happy end*, mais celui-ci n'est pas toujours total : dans la saga Harry Potter, par exemple, si Poudlard est bel et bien sauvé et Voldemort vaincu, la victoire a couté la vie à de nombreux sorciers dont certains protagonistes principaux de la saga. Il y a donc *happy end*, mais la fin admet tout de même des évènements moins heureux. La particularité des romans *feel good* est que le *happy end* est complet, sans ombre au tableau.

Les rapports humains au cœur de l'histoire

Les relations sont au cœur des romans *feel good*. Souvent, l'histoire présente des rapports d'abord conflictuels ou problématiques qui se dénouent au fil du récit. Il peut s'agir de tensions dans un couple – auquel cas il sera question d'éclaircir la raison du problème et de le solutionner (par une rupture ou, au contraire, en instaurant des bases nouvelles) –, ou encore de conflits entre parents et enfants qui résultent bien souvent d'un manque de communication entre les membres du foyer. D'autres liens interpersonnels peuvent intervenir dans les romans *feel good*. L'amitié peut par exemple jouer un rôle fondamental dans le parcours du personnage principal qui y trouvera un soutien indéfectible. Certains romans abordent également les thématiques de la vieillesse et du deuil et questionnent donc le sens de la vie après la perte d'un être cher.

Réaliser ses rêves pour briser la spirale de la monotonie

Une autre thématique récurrente (qui se combine aisément avec celle que nous venons d'évoquer) est de redonner un sens à sa vie. Le récit s'ouvre généralement sur un personnage qui traverse un passage à vide. Il a perdu le gout de la vie, n'apprécie plus son travail, ne sait pas ce qu'il veut faire de son avenir ou n'ose pas se réorienter. Le protagoniste rencontre alors une personne ou vit un évènement qui sera le déclencheur de sa reprise en main. Au fil des pages, il surmonte différentes épreuves qui l'amènent à cerner peu à peu ce qu'il veut être.

À la fin du livre, le personnage retrouve foi en l'avenir et est pleinement déterminé à réaliser ses rêves, quels qu'ils soient (toujours sur le principe du *happy end*).

LE ROADTRIP, UN MODE DE VOYAGE À LA MODE

Le roadtrip est un mode de voyage venu des USA (il en tient d'ailleurs son nom). Il consiste à effectuer une certaine distance dans un véhicule plus ou moins aménagé pour les circonstances (très souvent un camping-car ou un van), et ce pendant plusieurs jours. À la différence du chauffeur poids lourd (dont le métier se définit globalement de la même manière), le roadtrip relève totalement du divertissement. Si dans les deux cas il est question d'arpenter les routes pendant des jours, le roadtrip demeure une expérience de voyage. D'ailleurs, le but même est le parcours et non la destination. La découverte se joue dans les pérégrinations des roadtrippers.

Les baroudeurs qui s'y essaient y trouvent un certain esprit d'aventure, moins présent dans d'autres modes de voyage. Cela tient d'ailleurs au fait que l'imaginaire du roadtrip s'est construit sur le cliché nord-américain de la bande de hippies en quête d'une expérience de voyage plus brute, trimbalant leur van le long de la route 66. Si certains éléments demeurent (la route 66 restant un lieu mythique des « States » et le van restant le mode de transport privilégié pour l'expérience), l'expérience est aujourd'hui ouverte à bien d'autres types de voyageurs, des jeunes décidant de faire le tour du monde en solo aux familles partant faire le tour de l'Amérique du Sud en camping-car.

Le roadtrip est pour tous les âges et pour tous les budgets. Dans l'œuvre de Grimaldi, Anna en est l'exemple même. Avec très peu de moyens et une organisation minimale, elle vit une expérience inoubliable.

Aujourd'hui, grâce aux réseaux sociaux, ce mode de voyage a gagné en popularité. Que ce soit sur Instagram ou sur YouTube, des influenceuses et influenceurs de différents horizons racontent leur périple à leurs abonnés, l'occasion également de revenir sur les épreuves auxquelles la vie en van expose les voyageurs. L'on retiendra Florent de la chaine « Ma vie en van », Greg de la chaine « Gregsway » ou encore le chroniqueur voyage Bruno Maltor.

LA CHICK LIT

La *Chick literature*, abréviation de *Chicken literature* est littéralement de la « littérature de poulettes ». Des histoires écrites par des femmes et pour des femmes dans lesquelles elles tiennent le premier rôle, voilà ce que propose cette tendance apparue dans la littérature anglo-saxonne des années 1990. Les thématiques sont somme toute très similaires. Il s'agit de comédies sentimentales mettant en scène des trentenaires tout à fait communes, des « Madame tout le monde » en qui il est facile de se reconnaitre : célibataires endurcies, complexées, maladroites, malchanceuses, ou fans de shopping, à la chasse aux hommes, le tout sur fond d'une grande métropole (le plus souvent New York ou Londres). Le ton y est décapant, mordant et plein d'autodérision, en contraste avec les comédies sentimentales traditionnelles où les femmes y étaient lisses, romantiques et réservées.

Les héroïnes de la *chick lit* parlent crument et sont souvent dépeintes dans des situations de la vie quotidienne. Le modèle par excellence en est *Le Journal de Bridget Jones* de Helen Fielding, publié en 1996. L'auteure y raconte les déboires de Bridget, jeune trentenaire déboussolée à qui rien ne semble sourire, tiraillée entre son idylle avec son arrogant patron Daniel Cleaver et ses sentiments pour le très réservé Mark Darcy. Le roman synthétise tout ce que représente la *chick lit* : de l'amour, des péripéties rocambolesques, une héroïne maladroite et somme toute ordinaire dans laquelle les lectrices se reconnaissent, et un *happy end* à l'américaine. Nous avons cité Bridget Jones, mais d'autres titres ont connu le succès, comme *Sex and the City* (Candace Bushnell), *Le diable s'habille en Prada* (Lauren Weisberger) ou plus récemment *Rendez-vous au Cupcake Café* (Jenny Colgan). Notons que la *chick lit* est un genre plus maitrisé par les auteures anglo-saxonnes auxquelles la critique reconnait un ton plus mordant et cru que dans la plume de leurs homologues francophones.

ENTRE *NATURE WRITING* ET RÉCITS DE VOYAGE

Comme son nom l'indique, la *nature writing* consiste à écrire sur la nature. Ce genre littéraire est né en Amérique et est associé à Henry David Thoreau, poète, philosophe, naturaliste de la première moitié du XIXe siècle dans le Massachusetts. Il s'agissait alors de décrire la nature et les beaux paysages en y ajoutant des notes autobiographiques. Ce genre a gagné en popularité en France grâce aux éditions Gallmeister qui en font leur spécialité.

La *nature writing* a été beaucoup théorisée par la recherche littéraire et comporte des caractéristiques qui lui sont propres. L'environnement doit, par exemple, être acteur du récit et non servir seulement d'arrière-plan de l'action. L'on ne peut donc considérer *Il est grand temps de rallumer les étoiles* comme un roman *nature writing*. Néanmoins, dans l'œuvre de Grimaldi, les paysages scandinaves participent directement au processus de reconquête de soi auquel se livrent les protagonistes. L'auteure marque plusieurs temps de pause qui sont dédiés à la contemplation de l'un ou l'autre point de vue qui ne manque pas d'émouvoir le trio principal. La nature joue donc effectivement un rôle dans le roman, mais pas assez prééminent pour considérer le roman comme un témoin du genre.

La *nature writing* entretient certaines affinités avec le récit de voyage (en toute logique, car le voyage est souvent l'occasion pour le voyageur d'observer les contrées qu'il découvre), genre dont *Il est grand temps de rallumer les étoiles* est une parfaite illustration. En effet, le récit de voyage est caractérisé par ses propriétés didactiques et autobiographiques. Le roman de Grimaldi est une fiction, il n'est donc pas proprement autobiographique, mais le principe est conservé, car Anna, Chloé et Lily racontent leur voyage à la première personne. Ceci est d'autant plus vrai dans le cas de Chloé et Lily qui retranscrivent chacune leurs aventures dans un support (blog pour Chloé, journal intime pour Lily), à la manière de « carnets de voyage ». Le voyage de la famille Moulineau poursuit également des fins didactiques, voire initiatiques, étant donné que la motivation même du roadtrip n'est pas tant la destination, mais le fait de partir à l'aventure en famille pour retisser des liens. La nature et le voyage représentent donc un retour aux sources nécessaire, un refuge permettant à l'homme de se recentrer et de grandir. Là est perceptible l'inspiration *nature writing* dont est imprégné le roman.

DES THÉMATIQUES FAMILIALES

Le rapport mère/filles

La problématique familiale est au cœur des préoccupations des romans de Virginie Grimaldi. L'auteure y envisage différents aspects des rapports qui unissent les membres d'une famille. Dans *Il est grand temps de rallumer les étoiles*, Anna peine à comprendre ses deux filles. Lily lui parait insaisissable et elle ne parvient pas aborder Chloé alors qu'elle constate son malêtre. La solution que propose Virginie Grimaldi dans ce roman est le partage. C'est la communication et le temps qu'elle consacre enfin à sa famille qui permettent à Anna de retrouver ses filles et de les comprendre. Si, au début du roman, les rancœurs de chacune rendent la discussion difficile, les langues se délient au fil des péripéties que vit notre trio, permettant notamment à Chloé de s'ouvrir sur ce qu'elle reproche à sa mère et inversement.

La construction de soi pendant l'adolescence : jusqu'où aller pour plaire et se plaire

Comme la plupart des adolescents, Chloé est en quête d'identité. Elle souffre de toute évidence d'un malêtre que sa mère perçoit sans pour autant le comprendre. À l'adolescence, la construction de soi passe essentiellement par le regard que les autres portent sur nous. La valeur du

« je » étant perçue comme définie par un autre, cet autre devient l'incarnation de ce que le « je » doit être. Une telle conception de la valeur personnelle comme déterminée par le regard extérieur provoque chez l'adolescent une volonté d'assimilation au groupe, qui pourrait se résumer comme suit : « pour être valorisé, je dois être comme celui qui valorise ». En témoignent les effets de mode qui, bien que concernant aussi les adultes, sont encore plus remarquables dans les collèges et lycées.

Cette volonté d'être reconnu par ses pairs peut néanmoins avoir des conséquences plus graves que de simples influences vestimentaires. Le personnage de Chloé en est un exemple. Cédant à la pression sociale, la jeune fille commet des actes irresponsables et dangereux. Si l'on apprend au début du roman qu'elle a consommé des drogues, dans la suite du récit, Chloé est confrontée à l'envoi de photos d'elle dénudée au garçon à qui elle veut plaire. Le danger de ce genre d'échanges est avéré : nombreuses images ont déjà fuité sur Internet à l'insu de leurs propriétaires, portant lourdement atteinte à leur intimité.

Dans son roman, Virginie Grimaldi met en garde contre de tels comportements. Elle montre l'importance de la communication entre l'adolescent et ses parents et incite son lectorat à rester vigilant sur ce qu'on divulgue de soi aux autres. On constate ainsi que la mentalité de Chloé évolue progressivement. Au fil de ses déceptions, de ses erreurs, mais aussi des échanges qu'elle tient avec d'autres voyageurs, Chloé reconsidère sa perception de la vie et se libère peu à peu du regard des autres pour définir elle-même sa voie.

Le traumatisme de l'explosion du foyer familial chez l'enfant[1]

La stabilité du modèle parental est fondamentale pour le bon développement de l'enfant. Pour celui-ci, le couple père-mère est synonyme de sécurité et d'équilibre. En cas de divorce, il peut donc perdre tous ses repères, tout ce qu'il estimait immuable. Si certains jeunes parviennent rapidement à passer au-dessus, d'autres ont plus de mal à accepter la séparation. Chloé et Lily en sont deux parfaits exemples. Évidemment, l'âge de l'enfant au moment de la séparation influence la façon dont il prend les choses. Souvent, plus il est jeune, moins il se rend compte de la situation et plus il s'habitue à un nouveau mode de vie. La réaction dépend également de la relation que l'enfant entretient avec chacun de ses parents. Si, comme Lily, il ressent une certaine hostilité à l'égard de son père ou de sa mère, il aura moins de difficulté à accepter l'absence de celui-ci. Si, à l'inverse, il idéalise l'un ou l'autre parent, il souffrira beaucoup d'en être privé. La situation peut être pire encore si les parents ne parviennent pas à maintenir de bonnes relations et que les enfants deviennent des arguments de pression.

---

1. Lire à ce sujet : « Les programmes de participation et de soutien à l'intention des enfants dont les parents se séparent ou divorcent. 2. Réaction et adaptation des enfants à la séparation et au divorce de leurs parents » (2017), in *www.justice.gc.ca*, consulté le 27 septembre 2021, URL : https://www.justice.gc.ca/fra/pr-rp/lf-fl/divorce/2004_2/p2.html.

C'est exactement ce qu'illustre Grimaldi dans son roman. Chloé idéalise son père et reproche à sa mère de l'en éloigner. Voulant reconquérir son ex-femme, Mathias se sert de la détresse de Chloé pour culpabiliser Anna et la pousser à le réintroduire dans le foyer. Finalement, lorsque la jeune adolescente ouvre les yeux sur la véritable nature de son père, la désillusion est totale. Dans l'œuvre de Grimaldi, la révélation de la vraie nature de son père agit comme un déclic sur Chloé. Si les multiples scènes montrant le fort attachement de la fille à son père nous préparaient à une prise de conscience violente, l'adolescente a une réaction relativement modérée. En effet, alors qu'elle souffre encore de la rupture du couple parental, Chloé perd une nouvelle fois ses repères, car la vérité brise l'image idéalisée qu'elle se faisait de la figure paternelle. Pour autant, la jeune femme semble s'en relever rapidement. Lire ce type de comportement est d'ailleurs étonnant : ces évènements et révélations peuvent être très lourds de conséquences pour un enfant, d'autant plus à un âge où les repères familiaux sont les bases sur lesquelles le jeune construit sa propre identité. On peut dès lors trouver deux explications à la réaction de Chloé. Elle peut d'abord tenir de la nature proprement fictionnelle du récit : Chloé est un personnage de papier, son comportement n'est donc pas le reflet de la réalité et est encore moins représentatif des réactions de chacun, tous les enfants réagissant différemment. L'on peut ensuite considérer que la rapide acceptation de Chloé est la preuve du cheminement parcouru par le personnage. En effet, la révélation survient en fin d'histoire. Si elle apparait dans les premières pages comme une adolescente en pleine recherche d'identité, l'adolescente trouve sa voie à mesure que se poursuit son voyage. Aussi, lorsque Chloé apprend la véritable raison de la séparation de ses parents, elle est bien mieux armée pour faire face à la nouvelle qu'elle ne l'aurait été en début de roman. Elle se crée peu à peu ses propres repères et affronte donc les difficultés plus facilement. De fait, si, certes, l'effondrement du modèle paternel la bouscule, elle dispose à présent d'autres piliers sur lesquels elle peut s'appuyer.

PISTES DE RÉFLEXION

QUELQUES QUESTIONS POUR APPROFONDIR SA RÉFLEXION...

– « Il est grand temps de rallumer les étoiles » est une phrase du personnage d'Anna. Que signifie-t-elle et pourquoi Virginie Grimaldi a-t-elle choisi d'en faire le titre de son roman ? En quoi annonce-t-elle le style littéraire du livre ?

– Pourrait-on considérer cette œuvre comme un roman initiatique ?

– Quels indices auraient pu vous aider à anticiper le retournement final ?

– Retrouvez dans le texte les éléments qui permettent d'apparenter le roman de Virginie Grimaldi au genre *feel good* dont nous avons développé les caractéristiques majeures.

– Retrouvez dans le texte les éléments qui permettent d'apparenter le roman de Virginie Grimaldi au genre *chick lit* dont nous avons développé les caractéristiques majeures.

– Le personnage de Chloé évolue beaucoup au fil de l'histoire. Il est peut-être celui qui évolue le plus. Pourtant, ce parcours compte quelques retours en arrière. Retracez les différentes étapes et évènements qui jalonnent l'évolution de la pensée de Chloé dans l'amélioration de son estime personnelle.

– Lily joue avec les expressions de la langue française dans toutes ses interventions. Choisissez-en dix et retrouvez leurs forme et sens initiaux.

POUR ALLER PLUS LOIN

ÉDITION DE RÉFÉRENCE

- GRIMALDI V., *Il est grand temps de rallumer les étoiles*, Paris, France Loisirs, 2019.

ÉTUDES DE RÉFÉRENCE

- CHABOT M., « Qu'est-ce qu'un roman feel good ? » (2020), in *mathildechabot.fr*, consulté le 29/08/2021. URL : https://mathildechabot.fr/quest-ce-quun-roman-feel-good/.

- GRIMALDI V., « À propos », in *virginiegrimaldi.com*, consulté le 28/08/2021. URL : https://web.archive.org/web/20181023213844/http://virginiegrimaldi.com:80/index.php/a-propos/.

- HACHE-BISSETTE F., « La Chick lit, romance du XXIᵉ siècle », in *Le Temps des médias*, n° 19, 2012 : pp. 101-115.

- MICHEL C., « Virginie Grimaldi, 2ᵉ prix e-crire aufeminin : "J'ai participé pour savoir si j'avais raison d'espérer" » (2014), in *aufeminin.com*, consulté le 28/08/2021. URL : https://web.archive.org/web/20181111160112/https://www.aufeminin.com/ecrire-aufeminin/virginie-grimaldi-2eme-prix-ecrire-aufeminin-s1054846.html.

- « Qu'est-ce qu'un *feel-good book* ? » (2016), in *alivreouvert.net*, consulté le 29/08/2021. URL : https://alivreouvert.net/2016/01/21/quest-ce-quun-feel-good-book/.

- « Roman feel good : une tendance littéraire réjouissante » (2019), in *librinova.com*, consulté LE 29/08/2021. URL : https://www.librinova.com/blog/2019/03/26/roman-feel-good-une-tendance-litteraire-rejouissante/.

- « Les programmes de participation et de soutien à l'intention des enfants dont les parents se séparent ou divorcent. 2. Réaction et adaptation des enfants à la séparation et au divorce de leurs parents » (2017), in *www.justice.gc.ca*, consulté le 27 septembre 2021, URL : https://www.justice.gc.ca/fra/pr-rp/lf-fl/divorce/2004 _ 2/p2.html.

SOURCES COMPLÉMENTAIRES

- BUELL L., *The Environmental Imagination. Thoreau, Nature Writing, and the Formation of American Culture*, Cambridge (Massachusetts) / London, Harvard University Press, 1995.

lePetitLittéraire.fr

- un résumé complet de l'intrigue ;
- une étude des personnages principaux ;
- une analyse des thématiques principales ;
- une dizaine de pistes de réflexion.

**Retrouvez
notre offre complète sur**
lePetitLittéraire.fr

www.lepetitlitteraire.fr

ISBN version numérique : 9782808023412
ISBN version papier : 9782808023429
Dépôt légal : D/2021/12603/11

Conception numérique : Primento,
le partenaire numérique des éditeurs.

www.ingramcontent.com/pod-product-compliance
Lightning Source LLC
La Vergne TN
LVHW010837200726